KB107890

작은 밀알이 되어

작은 밀알이 되어

발행일 2021년 12월 22일

지은이 김영환
펴낸이 손형국
펴낸곳 (주)북랩
편집인 선일영
디자인 이현수, 한수희, 허지혜, 안유경
마케팅 김회란, 박진관
편집 정두철, 배진용, 김현아, 박준, 장하영
제작 박기성, 황동현, 구성우, 권태련
출판등록 2004. 12. 1(제2012-000051호)
주소 서울특별시 금천구 가산디지털 1로 168, 우림라이온스밸리 B동 B113~114호, C동 B101호
홈페이지 www.book.co.kr
전화번호 (02)2026-5777 팩스 (02)2026-5747

ISBN 979-11-6836-078-5 03810 (종이책) 979-11-6836-079-2 05810 (전자책)

김영환 시집

작은 밀알이 되어

젊은 시절 방황과 좌절,
슬픔으로 쓴 시부터
주님을 만난 후
그분의 사랑 속에 사는
기쁨으로 채운 시까지

북랩book Lab

책 머리에

●

나의 젊은 시절의 감성은 방황으로 인해 너무나 고독했고, 그 고독은 숙명처럼 아주 오랜 기간을 나와 함께하며 진실하고 이상적인 사랑을 꿈꾸게 했다.

그 젊은 시절 좌절과 슬픔 속에서 만났던 많은 인연들, 내가 그토록 꿈꿔 왔던 이상적인, 완전한 사랑을 만들기 위한 나의 노력은 그러나, 인간으로서의 나약함, 욕심, 이기심, 상처 앞에서 매번 좌초되고 말았다.

나는 현실적인 삶 속에 안주하며 평범함 속에서 진리를 찾고자 했다.

그러나 여전한 사랑의 목마름, 영원히 채워지지 않는 갈증, 무미건조한 삶으로의 추락….

나는 내게 진정 필요한 것이 무엇인지 되돌아보기 시작했고 나의 완고한 마음을 버리기로 작정하고 새로운 길을 찾고자 했다. 그리고 우연한 기회에 나는 한줄기 빛을 보았다.

나는 주님의 사랑을 주님의 은총 안에서 본능적으로 깨닫고 그날 이후로 새로운 세상을 만나게 되었다. 그것은 회개를 통한 삶의 완전한 방향 전환이었다.

오직 주님의 사랑 안에서 우리는 영원하며, 진실하며, 완전한 존재이고, 오직 주님 만이 우리의 영적 목마름을 채워 주실 수 있다는 것을 새삼 깨닫게 되었다.

이제 삶의 새로운 가치는 주님의 뜻과 일치하는 삶이며, 주님 뜻 안에서의 참사랑, 참행복이 되었다.

이제 삶의 새로운 방식은 모든 일을 주님을 위해서, 주님과 함께, 주님 안에서 기쁘게 행함이 되었다.

나는 주님 안에서, 곧 항구적인 내적 평화 안에서 비로소 진정한 행복을 찾았고

이 기쁨을 독자들과 함께 나누고 싶다.

주님을 영원히 찬미하며, 아버지께 모든 영광을 바치며….

2021. 11. 16.
김영환 미카엘

목차

작은 밀알이 되어

제 1 부

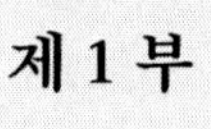

사랑하는 날들의 행복을 그리며

나의 별

나의 노래를 누굴 위해 들려줄까!
아, 언제나 나에겐 대상이 없네.

이제 나의 별을 주오.
저 하늘에 누구 있어 별들을 꽁꽁 묶어 두었다면
나 간절히 바라오니
이제 나의 별을 주오.

별들이 눈물을 적실 때면
나의 가슴에 슬픔의 자욱으로 떨어지니
이 쓰라린 숙명의 고통은 지워지지 않네.

아, 나의 별이여, 나의 사랑이여,
하늘의 법칙을 깨고라도
나 사랑을 택하여 나의 님을 만나려네.

나의 시가 끝나지 않듯

나 영원히 노래하리.

나의 홀로 있음을 즐기며

홀로임으로 자유로운 나를 구속하지 않으며

영원히 노래하리.

친구에게

한잔의 커피를 마시다,

문득 너의 생각을 한다.

아무런 이유도 없이 만날 수 있는, 그런 친구임을….

나의 바람으로 너의 생각을 한다.

한잔의 커피가 그리워

가슴속에 공허를 안고

너에게 전화를 걸면

너는 나에게

아무런 부담감 없는 친구로 만나 주렴.

이렇게 외로운 낙엽으로

거리에 뒹구는 날,

너는 바람으로 와서

날 데려가 다오.

아무런 반항 없이
나는 떠날 준비를 하고
너는 나를
아주 멀리 데려가 다오.

별이 되어

텅 빈 하늘에 어둠의 빛깔이 스며들면
나 밤하늘의 초록 별이 되어 허공을 찌른다.
바람에 흔들리고 깊은 수렁 속에 잠겨 빛을 잃어 간대도
그 무엇도 두려워하지 아니하며
온통 세상을 물들이려 한다.
이제는 초록 맑은 꿈의 빛깔로
또 하나의 희망 걸린 웃음으로
세상에 나서고 싶다.
작지만, 선명한 빛으로
누군가에게 희망을 주고 싶다.
작지만, 깊은 사랑으로
누군가에게 따스함을 주고 싶다.

소녀에게

소녀여,

너는 언제나 순수한 아이,
너는 언제나 밝은 웃음을 잃지 않는다.
때로는 쉽게 기뻐하고, 울고, 질투하고, 상처 입고
꾸밈없이 단순한 너여,

그렇지만 너에겐 언제나 악의가 없기에
그 자체로 아름답구나!

소녀여, 거친 세상 속에서, 메마른 사람들 속에서
네가 상처받지 않을까, 때 묻지 않을까 두렵구나!

그렇지만 소녀여,

너의 하늘엔 언제나 주님께서 계시고

너는 두 손을 곱게 모아 기도하리니….

메마른 세상 속에서 환하게 미소 짓는

따사로운 별의 눈동자가 되어…

세상을 밝게 비추리.

추억

그 시절, 항상 지니고 다녔던 책에
책갈피 대신,
이름 모르는 소녀의 길고 가녀린 머리카락을 꼭 간직해 두고 있었지.

그걸 꼭 간직하고 있으면,
언젠가 우리는 연인이 될 수 있으리라 믿었어.

그 소녀가 종종 앉았던 도서관 자리 책상 위에
나는 몰래 낙서를 해 놓고서야,
마음의 편지를 전한 것인 양 고백할 수 있었네.
"부디 당신의 손에서 반지를 빼 주세요. 제가 용기 있게 다가설 수 있도록….
그리고 마음을 열어 주신다면, 저는 좋은 친구가 되어 드릴게요."

어느 날, 그녀의 손가락에서 반지는 사라졌고
나는 이제 다가설 수 있었지만,
그러나, 나는 한마디 말도 할 수 없었네.

누군가를 행복하게 해 줄 수 있다는 것,
그것이 얼마나 큰 기쁨인지….
그런 사랑을 하고 싶었지만,
나에게 사랑은 사치처럼 느껴졌고,
내 모습은 스스로 초라해졌네.

아, 나의 순진한 그 시절에 한 번도 사랑해 보지는 못했지만,
지금에 와서 남는 의미는
그 시절의 추억을 꺼내서 활짝 웃고
그래도 행복했다! 라는 것….
나의 가슴을 뛰게 했고,
여전히 내 마음을 설레게 하는 무언가가 있다는 것에
기쁨을 느낀다.

우정이 낳은 사랑

우정이란 명분으로 함께하고 싶었습니다.
우정이란 끈으로 놓아주고 싶지 않았습니다.
우정이란 올가미에 가두어 놓고 싶었습니다.
우정이란 그리움의 크기로 서로를 그리워했습니다.
우정이란 의미로 덮으려 했습니다.
우정이란 이름으로 감추려 했습니다.
하지만 그것은 사랑이었습니다.

마음의 벗에게

나는 너와 포옹할 수 없다.
하지만 너의 마음을 안아 줄 순 있다.

나는 너의 손가락에 반지를 걸어줄 순 없다.
하지만 너의 가슴속에 보석처럼 빛나는
사랑의 별을 만들어 줄 순 있다.

너와 내가 합쳐지지 못하나니
그것은 마음과 마음의 그리움의 공간으로
남겨 두고 싶다.

하여, 난 영원토록 그리워하리니
우정이면 어떻고, 사랑이면 어떠리
나 그대 있음에 오늘도 행복하여
또한 내 안의 그대는 미소를 짓는다네.

따사로운 품속에 고이 빛나는 보석 같은 사랑은

우리들 마음 안에서

영원히 꺼지지 않는 빛이 되어 살아 숨 쉬리.

그대여 사랑을 해요

여린 마음과 슬픈 눈동자를 가진 나에게
이제는 사랑이 필요해요.

슬픈 음악으로 젖어 드는 차가운 비를 맞으며
방황하고 있어요.
그러나 사랑은 나를 따사로운 품으로 감싸 줄 것입니다.
사랑은 빛이에요.
영원히 식을 줄 모르는 마음의 빛.

아, 내겐 사랑이 필요해요.
메마른 가슴의 사람들과
이젠 사랑스런 눈빛으로 미소를 드리우며
따사로운 빛 속에 모두가 하나이고 싶어요.

아, 이젠 사랑을
그대여 사랑을 해요.

꽃망울

향기와 미소, 그리고 빛깔.
꽃망울은 이 모두를 꼬옥 안고서
화사한 봄이 오기만을 기다리며
순수한 몸짓으로 남아 있습니다.

언젠가 따스한 햇살 아래로 봄은 뿌려지고
세상에 눈을 떠
가슴을 드러내 활짝 웃고 있을 때
그 꽃은 매혹의 향기와 미소와 빛깔로
세상을 흠뻑 적셔 줄 것입니다.

꽃으로 피어나기 위한 꽃망울들의 작은 몸짓.

오늘도 가슴을 졸이며,

별을 헤아리며,

순결한 눈빛으로

바람에 살랑이고 있습니다.

고독한 당신의 별

내 슬퍼질 때 당신의 별을 떠올려도 되나요?
내 손을 잡고 눈빛을 마주하며
별 가득히 따스한 사랑으로 함께해요.

내 어깨 위로 세찬 바람이 불어오고
지친 내 모습이 흔들리울 때
당신은 항상 내 곁에 있어 줘요.

고독한 당신의 별은 내 가슴속 호수 안에 흠뻑 젖어
내 안을 비추입니다.

눈물은 슬프지 않아요.
내 눈동자 위에 당신의 별이 반짝임을 느끼니까요.

아직은 사랑의 아주 작은 불씨 하나로
당신의 별을 불러 봅니다.

너와의 만남

떨리는 마음으로 네 편지를 읽어 가고 있을 때
들려오던 밤의 고요.
아, 얼마나 감동스런 음악인가!
그리고 네 글은
얼마나 나를 감격 속에 빠뜨려 버렸는지 모른다.

너와의 장밋빛 추억은 없었지만
이제 우리 수채화 속의 모습들이 그려지고
텅 빈 거리에 꽃들이 만발하게 피어나리라.

너와의 홀로된 모습이

고요한 밤의 공간에 와 눈물을 적시고

우린 그렇게 만나

사랑의 촛불을 켜고

둘이 함께 밤의 고독을 밝히며

저 하늘 파란 별님처럼

순수한 사랑에 눈을 뜬다.

우리 처음 만났을 때

하늘이 정해 준 대로
나 오랜 기다림 뒤에 그녀를 만났네.
하늘이 맺어 준 인연으로
우리 그렇게 만나 사랑하니
세상 그 무엇도 부러울 게 없다네.

우리 처음 만났을 때
기약도 없이
알 수 없는 힘에 이끌려
성당 안으로 발걸음을 옮겼지.
그곳에 들어가 우리는 기도했네.

우리의 함께함을 알리며
감사의 기도를 드리며
나 그녀의 행복을 빌었네.
우리의 사랑을 영원히 지킬 수 있도록 도와달라고….
하여 나의 기도는 맹세가 되었네.

우리 처음 만났을 때
더할 수 없는 축복 속에서
우리의 기도는
진실의 빛이 되었네.
사랑의 빛이 되었네.

작은 사랑의 불씨가 빛으로 타오른다네.
나의 기도가 끝나지 않듯,
나의 시가 끝나지 않듯,
영원한 사랑을 꿈꾸며….

사랑의 별

늘 그 자리에 서 있는 한 그루의 나무처럼…
늘 변함 없이…
싱그러운 잎의 미소로 기뻐하며…

친구와 같은 연인으로,
우정과 같은 사랑으로,
구속하지 않는 사랑을 하리.

사랑을 말로써가 아닌,
나의 가슴으로 보여 줄 수 있을 때까지 침묵하리.
사랑의 모습으로 대신하여
아직은 하고 싶은 사랑의 말들을 아끼고 간직하리.

먼 훗날, 조금만 꺼내어
그것으로도 충분히 아름다운
감동의 언어가 되게 하리.

단지, 영원히 꺼지지 않는 사랑의 별을

가슴속 깊이 간직한 채로

나 살아가려 하네.

사랑의 기도

나의 사랑을 이 편지 위에 띄워 보내나니
이 사랑은 너에게로 흘러가고
만날 수 없는 시간의
영혼의 촛불이 되어 타오를 것입니다.

당신에게 내 사랑의 빛을 주어
함께 어두운 밤을 밝히며
함께 시련의 역경을 딛고
하나로 부축이게 하여
절대 쓰러지지 않는 영혼이 되게 하소서.

사랑의 빛 속에 당신과 내가 하나 되고
우리가 또한 모두를 사랑하게 하소서.

우리의 젊음이 사랑으로 하여 아파할 때
젊음은 그 시련으로 하여 더욱 성숙되게 하소서.

당신의 생일

싸늘한 겨울날 따사로이 와 부딪히는
하얀 눈송이만큼이나 아름다운 그녀는
오늘 이 세상에 태어나
눈부신 햇살 가득 그리움으로 남으려 하고 있습니다.
축하해요.
진심으로 당신의 생일을….
멀리서나마 당신의 빈자리에
나의 따스한 마음을 전합니다.

너에게로만 간다

한잔의 커피와 시와 음악…
고독에 젖은 나를 데려가는 너여
나는 어디로 가는가!

너의 속도에 지배되는 힘을 거역할 수 없구나!
말해 다오. 나 네게서 자유로움을….
나 언제나 너에게로만 간다.

너의 무게 위에 고통받는 나를
말해 다오. 이것이 무슨 의미를 지니는 가를….

너여, 이것이 나의 부질없는 푸념이라면
이것은 나를 방황 속으로 몰아넣을 것이라네.

나의 마음은
언제나 너에게로만 간다.

그대와 강가에서

나 그대와 상쾌한 바람을 맞으며
강가를 거닐다 한적한 곳에서 걸음을 멈추었지.
나란히 앉아
그대 나의 어깨에 기대어 눈을 감았네.

세찬 바람이 불어와
우리가 소용돌이 속에 갇혀 버리고
출렁이는 강물이 넘쳐 와
우리를 덮쳐 버린다 해도
우리의 침묵을 깨뜨려 버릴 순 없네.

시간이 더해 갈수록
우리 가슴속엔 잔잔한 물결 같은 그리움만이 더해 간다네.
가슴속에 찾아온 평온을 그 누구도, 그 무엇도
깨뜨려 버릴 수 없음에 우리 행복하였네.

파란 하늘과 맑은 햇님,
파란 강물과 맑은 물결,
파란 물결과 맑은 꿈들,
사랑 속에 있음으로 하여 세상 모든 것들이
저마다 의미를 부여받았다네.
그리고 평화를 찾았지.

나의 사랑 그대는

나의 사랑 그대는
예쁜 곳이 많지만,
그 중에서도 특별하기론 눈이 제일 예뻐요.
그대 눈빛은 내 안의 맑은 호수가 되어 주어요.

밤하늘의 별이 그리움의 빛깔로 물들고
애처로이 반짝여 주듯…
내 안의 맑은 미소가 되어 주어요.

꽃이 예쁜 빛깔로 피어나고
향기를 퍼뜨리고
누군가 와서 사랑해 주기를 바라는 것처럼…
나를 기다려 주어요.

해가 달을 좇고 달이 해를 좇고
그리워하고 또 그리워하다가,
수많은 세월과 방랑 속에서 만난 연인처럼….

나의 사랑 그대는
내 안에 반짝이는 별이 되어 주고
내 안에 감동이 되어 주네요.

자연이 숨 쉬는 곳에서

자연이 숨 쉬는 곳에서
그대와 함께 풋풋한 사랑을 나누리.
대지의 내음과
풀벌레 소리와
시냇물 소리와
어슴푸레한 하늘….
그대와 나 때 묻지 않은 채로
순수한 사랑의 수채화를 그려 넣으면
밤하늘 가득히 예쁜 별들이
그대와 나의 머리 위로 쏟아져 내리네.

자연은 늘 언제나
초라하지도 부족하지도 않은 채
풍요로움으로 우리 곁에 있고
풍성한 가을의 열매들이 익어 가듯…
우리 사랑 또한
이곳에서 고운 빛깔과 향기로 열매를 맺는다네.

싱그러운 가을을 뒤로한 채
그대와 나 성숙의 시간을 거두고
이제 이곳에 남기고 가는
추억의 자욱들이 뿌려져 묻히면
먼 훗날 돌아와 말하리.
우리 추억을 꺼내어 환하게 웃고
변함없이
사랑한다고….

또한 그대여 기억해 줘요.
이곳에 묻고 가는 우리 사랑의 씨앗들을….
씨앗은 언젠가 또다시 열매를 맺으리니,
하여 우리 사랑은
자연과 함께 고이 숨 쉰다네.

나의 사랑하는 이여,
힘을 내소서

나의 사랑하는 이여,
너무나 여리고 여린 그대여,
조금만 더 힘을 내어
그대 무게 위에 주저앉지 말기를….

나의 사랑하는 이여,
조금만 더 버티어 주기를….
버티고 버티다 지쳐 쓰러질 땐
항상 그대 곁에 내가 있나니
그땐 내 품에 안기어 눈물을 흘리고
그대의 나약함을 꾸짖어 주길….

나의 사랑하는 이여,
내가 더 힘껏 꼬옥 안아 줄 때면
그땐 내 품에 고개를 묻고 한없이 눈물을 흘리고
그대의 구겨진 자존심을 책망해 주길….

그리고 그대를 어루만져 주는 내 앞에서 당당히 다시 서서
그대 갈 길을 재촉해 주길….

나의 사랑하는 이여,
그대 여린 마음에 나의 사랑을 듬뿍 담아
그대를 향한 나의 믿음과 기대를 등에 지고
힘차게 달려가 주길….

나의 사랑하는 이여,
그래도 힘들어 지쳐 쓰러질 땐
나의 눈물이 그대의 상처를 덮어 주고 감싸줄 터이니….
그대 나의 눈물을 위로 삼아 맘을 조금이나마 추스려 주길….
모든 짐을 내려 놓고 훌훌 털어 버리고

내게로 달려와 주길….

내게로 의지하여 기대어 주길….

나의 사랑하는 이여,

힘을 내소서!

나의 사랑하는 이여,

나 죽는 날까지 그대 곁에서 함께하나니….

또한 우리 사랑의 힘을 믿는다.

사랑하는 날들의 행복을 그리며

사랑하는 날들의 행복에
감격스러워 눈물을 흘렸습니다.
사랑하는 그녀가 늘 곁에 있다는 이유 하나만으로도
충분히 행복한 나는
세상의 그 무엇과도 바꿀 수 없는
가장 소중한,
가장 아름다운,
가장 진실한 의미 속에 살아갑니다.

나의 하늘엔 언제나 별이 하나 걸려 있습니다.
내 마음속 깊이
순수한 눈빛으로 다가와 주는 사랑의 별입니다.
나의 마음 안에서 꺼지지 않는 생명의 빛!
나의 숨 쉼과 나의 살아 있음은
또한 당신과 함께 함입니다.

오늘 밤에

내 마음 안에 비가 내렸습니다.

내 마음 안을 모두 씻어 내리듯 비를 퍼부었습니다.

비에 젖은 당신의 별이 내 마음속에서 슬피 웁니다.

버거운 삶의 무게로 당신은 주저앉아 버리고

희미해져 가는 당신의 별을

애타게 부르던 나는 초조한 가슴을 졸이며

그 무엇도 해 줄 수 없음에 슬퍼했습니다.

우린 알 수 없는 공간에서 울어야 했습니다.

서로가 서로에게 아무것도 되어 주지 못한 채 울어야 했습니다.

마음을 비운 채로,

그저 슬픔인 채로,

또다시 당신을 불러 봅니다.

나의 사랑, 나의 별,

나의 영원한 당신께

사랑합니다.

우리 사랑하는 날들의 행복을 그리며…

나 당신과 함께 힘차게 다시 일어서고 싶습니다.

오늘 이 밤엔 당신의 해맑던 미소가 너무나 그립습니다.

그리움이 커 갈수록,

사랑 또한 더 큰 의미로

내 안에서 당신의 별은 더 환히 비추일테지요.

사랑합니다.

나의 영원한, 꺼지지 않는 사랑의 별이여!

사랑의 철학

1.

우리는 목숨을 걸어도 좋을 만큼
완벽한 사랑을 위해 젊음을 불사른다.
잃는 만큼 아파할지라도
젊은 날의 값진 희생은
먼 인생의 항로를 밝히는 등불이 되어 주리라.

2.

사랑만이 정신적 결핍을 풍요롭게 하고
사랑만이 고독한 영혼을 치유할 수 있고
사랑만이 마음을 순수하게 하고
사랑만이 모든 것을 껴안을 수 있고
사랑만이 세상을 따뜻하게 하고
사랑만이 평화를 불러오고
사랑만이 우리를 고귀한 영혼으로 존재케 한다.

3.

사랑이란 서로에게 진실해지는 것.

자존심을 넘어서는 것.

아낌없이 주는 것.

서로를 구속하지 아니하며

서로에 대한 존중, 배려, 그리고 희생으로

늘 함께하는 것.

4.

짝사랑은 그 자체로 순수하며 진실한 것.

불완전한 사랑으로 그것이 슬픔이 될지라도

그 슬픔 또한 받아들여야 한다.

하여, 사랑은 아픈 만큼 깊어지는 것.

그것이 부질없는 사랑이 아님을 확신할 수 있을 때

더 이상 그 사랑은 초라하지 아니하며

오직, 진실한 사랑의 모습을 보여 줄 수 있을 때만이

사랑으로 하나가 된다.

5.

사랑의 진실성을 검증하기에는

많은 시간을 필요로 한다.

그래서 사랑은 퇴색하지 않고

서로를 연결해 주는 마음과 마음의 고리가 되어 줄 때

그 진실한 사랑의 의미는

우리를 하나 되게 한다.

많은 역경들을 또한 사랑의 힘으로 지탱하고 이겨 낼 때

우리는 더욱 서로를 꼬옥 껴안게 한다.

사랑은 검증되어야 한다.

그리하여 사랑하며 누릴 수 있는

자유를 만끽하게 되리니….

6.

사랑은 배우며, 만들어 가고, 조금씩 쌓아 가는 것.

조금씩 쌓이고 쌓여서 완전한 사랑에 가까워진다.

사랑에 빠져서 아무 일도 할 수 없다면

이미 자신은 스스로 구속되어 버리는 것이다.

일하며, 사랑하며, 생활에 충실하자!

7.

"한 손과 한 손이 마주쳐야 소리가 나듯"

그렇게 마음 맞는 사람들끼리 사랑하며 살기를….

그렇게 마음 맞는 사람들끼리 행복하게 살기를….

소유함으로 구속이 아닌, 공유함으로 함께 하며

진정 아름다운,

자유의 날개를 펴자!

그대 장미를 사랑하신다면

그대 장미를 사랑하신다면
꽃잎을 사랑하듯 가시 또한 사랑해 주세요.
그 가시를 경계하고자 하신다면
당신은 진정, 장미를 사랑하는 것이 아닙니다.

그대 장미를 사랑하신다면
아침, 저녁으로 물을 뿌려 주시고
장미꽃이 예쁜 빛깔로 피어나는 것을 기뻐하세요.
나비가 찾아와 앉거든
그 나비를 시샘하지 마세요.
그 장미꽃으로 하여금
정겨운 친구들을 쫓아 버리지 마세요.

그대 장미를 사랑하신다면
진정 사랑하신다면
장미꽃은 더한 아름다움으로 피어날 테고
진한 향기로 그대 마음을 채워 줄 것입니다.
또한 그대가 장미를 사랑함으로 하여
그 장미는 세상에서
가장 아름다운 이름을 갖게 되는 것입니다.

그대 장미를 사랑하신다면
주님께 기도해 주세요.
눈물로 사랑을 고백해 주세요.
주님께서는 그 사랑의 진실함을 보시고
주님의 이름으로 영원히 지켜 주실 것입니다.

작은 밀알이 되어

제 2 부

잎새 잃은 슬픈 나무

낙엽의 노래

거리에 낙엽들이 방황하고 있어요.
그들을 나무라진 마세요.
그들은 나무의 가지에서 벗어나
자유를 찾아 떠나가고 있는 것이랍니다.

아무런 구속 없는 자유!
그 누구도, 그 무엇으로도,
서로가 서로에게 자유롭습니다.

거리에 스산한 바람이 불어오고
이제 낙엽은 어디론가 사라져갈 것입니다.
가을의 시간 속으로 아주 멀리…
또한 낙엽의 노래는 영원할 것입니다.

눈물

아, 나는 눈물보다 더 깨끗한 진실을 알지 못한다네.

당신의 마음이여, 이슬을 머금은 채로 아름다움이여,
하지만 이슬은 눈물이 되어 떨어지고
눈물은 다시 슬픈 비가 되어 젖고 있네.

아, 나는 그것으로 가슴을 적실 순 없었네.
가슴은 메말라 버렸고
가냘픈 잎새는 낙엽에 져 버렸다네.

아, 시의 눈물이여, 그리움이여,
당신의 영혼은 세상과 이성의 벽에 가리워지고
감성은 노예가 되어 버렸던가!

아, 어찌하리.
그들은 비웃고 있네.
눈물은 초라한 거라고….

그러나, 나에게 아직은 눈물이 필요하다네.
메마른 세상 한 구석에서
진실을 갈망하고 외로이 슬퍼하는
한 영혼의 몸부림으로 남기 위해….

구름과 별

구름은 구름이어야 하고
너의 별은 네 품에 있어야 한다.
너의 별이 내 구름 안에 들어왔을 때
너의 그 아름답던 별은 때 묻고
나 너로 인해 비를 내리니 가슴은 상처 입는다.

별은 그대로의 아름다움이어야 한다.
나 그리하여 당신을 영원토록 그리워하리니
너 그리워함은
또 다른 아픔이 되고 행복이 되리라.

구속

이쁜 이름의 너,

너무나 가깝게 느껴졌던 너,

먼 곳에 있으면서 때론 내 옆에서 날 놀라게 했던 너,

바람 속에 향기를 듬뿍 안고 찾아왔던 너,

언제나 물음표인 너,

하얀 계절에 나의 의미 속에서만큼은 장미로 피어났던 너,

그런 꽃을 꺾어 나의 화병에 꽂고

그 아름다움을 소유하려 했던 순간,

아, 거기에 너는 없었네.

그리고 나 그 가시에 찔려 피를 흘렸지.

당신의 어둠 속에서

눈을 감고서
당신만의 어둠 속에서 혼자임을 느낄 때
당신의 영혼은 하나의 별이 되어 반짝일 것입니다.

당신은 슬픔으로 하여
눈물을 흘립니다.
그 눈물은 천사의 미소와 함께하며
당신의 어둠 속에서
자신의 순수한 영혼을 지켜 줄 것입니다.

당신의 어둠 속에서
당신은 하나의 별이 되세요.
쓰라린 슬픔은
이제 당신의 가슴속에서
아름다운 별들의 의미로 채워집니다.

오늘도 밤하늘의 수많은 별들이 반짝임은
또한 슬퍼하는 까닭입니다.

구름

구름은 하늘을 포옹하며 눈물을 흘리고
때로는 아픔으로 방황한다.
그 누구도 구름을 외면하고만 있다.
그러기에 당신은 슬픈 나그네.

하루가 저물면 어둠이 모두를 감싸 주고
고요와 숙연함을 불러와 세상을 잠들게 한다.
어둠이 찾아 들 때 그대는 안도의 숨을 쉬고
또다시 어디론가 떠날 준비를 한다.

그러나 오늘은 너무나 슬퍼
어둠의 장막 속에서
하염없이 눈물을 떨구고 있다.

가을

그대가 내게 바람을 불어 준다면
난 그냥 흔들리고 싶다.

나의 가슴에, 메마른 나의 여윈 가슴에,
그 무언가도 채울 수 없는 가냘픈 나의 가슴에
그대는 가을의 고독을 안은 채
그렇게 나의 공간을 침해하고 있었다.

낙엽이 떨어진다.
바람의 유혹에 흔들리다
아무 미련 없이 떨어져 버린다.

그대 가을의 바람이여,
내게 다가와
나의 잎을 흔들어 주오.
이제 나의 잎을 떨구어 주오.

가을은 바람!
바람!
나의 잎을 모두 앗아 갔다네.

헐거벗은 몸둥아리로
이제 가을 앞에 서야 한다.
가을은 더 싸늘해져 가고
거친 바람으로 와서
나를 소용돌이 속에 가둔다.

가을은 고독의 향기를 듬뿍 안고서 바람으로 왔고
나의 영혼에게 고독 안의 진실을 말해 주지 않은 채
또 그렇게 사라져 가는가!
아무런 대답 없이….
바람과 함께 사라져 버렸네.

노을

사라짐이 아쉽더니
너 사라지고 난 뒤에도
너의 자리엔 여운의 그림자가 가시지 않은 채
나의 마음을 사로잡는다.

하늘이 빨갛게 물들어
산 위로 불이 붙는 듯…
구름조차도 삼켜 버려 녹아내리듯…
너 사라져 버린 그 자리에
너의 자취가 쉽게 지워져 버리지 못함은
나의 간절한 그리움이
너를 부여잡고 있기 때문인가!
또한 너의 사라짐이 기약을 남기고 떠나는 미련인가!

이제 너 사라져 버린 그 자리에
빛은 바래고
어둠이 물들어
우린 알 수 없는 공간에서
서로를 그리워하리니….

이처럼 이토록,
사랑은 잠시 동안의 이별조차도
쓰라린 가슴앓이가 되어
홀로 됨을 서러워하리니….

사랑함에 또한 그리움의 크기가 더해 간다네.

고독의 길

홀로의 모습이 되어 고독의 길을 가야 한다.
방황과 시련 속에서
그러나 흔들리지 아니하며
혼자만의 길을 가야 한다.

피맺힌 가슴으로 쓰러진 나를 발견했을 때
힘차게 일어서서
또다시 나의 길을 가리.

나는 절대 흔들리지 않는다.

밝게 마음을 열고 언제나 웃을 수 있어야 한다.

슬퍼도, 마음 아파 와도 웃어야 한다.

먼 고독의 길을 가기 위해….

비 오는 날에

비 오는 날,

우리 둘이 우산을 쓰고 걸었었지.

슬픈 비가 거리를 적실 때

그 우산은 슬픔을 받쳐 주는

너와 나의 사랑이었어.

그 우산은 우리 둘만의 또 다른 공간을 만들어 주었고,

그 조그만 보금자리 안에서 우리는 즐거워했어.

비 오는 날,

그러나, 홀로의 모습이 되어 버린 지금,

난 이제 빗속의 낭만을 잃어 가고 있어.

초라한 우산을 버리고,

하염없이 비에 젖고, 눈물에 젖고 싶네.

슬픈 비가 온종일 내리고

나는 하염없이 빗속을 걷고 있네.

눈 오는 날에

안개꽃이여,

너 이 공간 위에 내려와 나를 반기는구나!

사람들은 하얀 눈을 맞으며

기쁨의 미소를 날리우는데

나 어떤 표정을 지어야 하나!

고독한 가슴에 찾아온 꽃은

어쩔 줄 몰라 하며 이내 시들어 버리네.

아, 나의 가슴을 이 하얀 꽃으로 채울 수 있다면….

너 꽃이여,

이내 시들어 없어지니,

또한 사람들은 더한 그리움에 매혹된다네.

너 꽃이여,

세상을 하얗게, 더 하얗게 하리니….

이보다 더 깨끗한

진실한 공간은 없을 테고…

그로 하여 고요 속에 평온이 찾아든다네.

타향에서

떠나는 자는 새로운 세계의 향수에 빠져든다.

떠남의 아픔이 있듯…

그 아픔은 이제 새로운 것들로 채워간다.

남은 자는 그 아픔을 무엇으로 채우리….

시간이 흘러,

이제 떠나간 자의 자취가 조금씩 사라져감에 위로가 되려나!

난 너무도 멀리 떠나야 했다.

가끔씩 고향이 그리워지고 그런 밤이 찾아오면

밤하늘의 별을 바라볼 뿐….

지금 나의 사고와 관념 너머엔 신비로움이 싹트고

이젠 그곳의 사람들이 낯설기만 하다.

꽃은 언제나 여름인 채로 나를 기다리고
나는 계절을 너머 상상 속에 있나니
너 꽃이여, 나는 언젠가 돌아가리라.
너의 아름다운 계절로….

꽃들의 축제

사랑은 눈물 흘린다.
황폐해진 메마른 나의 마음 안에서
곧 시들어 버리는 꽃잎은 더 이상의 의미는 없다.

하지만 거리엔 아직 꽃잎의 냄새가 살아 있고
꽃들의 축제는 끝나지 않았다.

활짝 피어 꽃잎은 시들어야 하고
바람 속에서 춤을 추며
아름다웠노라고 미련을 남긴 채
또다시 흩어져 가야 한다.

거리엔 조용한 침묵으로 시인 하나만이 서성이고
꽃들의 축제는 그를 순수한 수채화 속으로 옮겨 놓는다.
수수한 동심의 세계를 펼쳐 보이던
꼬마 요정은 아직 사라지지 않았고
내 조그만 가슴의 꽃밭에서 뛰놀고 있다.
꽃들의 축제 속에서
아, 아름다운 꼬마 요정이 웃고 있다.

고독한 추억

아, 어찌할 것인가!
이제는 그 희미한 기억마저도
내 곁에서 떠나려 한다네.

추억이여
밤하늘의 별빛처럼 떠오르는 잔영이여
그대 떠나기 전에
활짝 피어 아름답게 하라.

5월의 장미가 향기를 듬뿍 안고 찾아 왔네.
추억이여
너는 지금 11월에도 장미를 발하노니
너의 향기에 넋을 잃고
상념은 나의 가슴에 고독을 흘리네.

추억이여

아, 고독한 추억이여

차마 아름다운 별들의 노래여….

밤비

밤에 내리는 비의 소리는
하나의 달콤한 음악과 같다.
떨리는 잎새 소리가 내 심장을 파고 들면
내 영혼의 방황은 시작된다.

밤에 내리는 투명한 눈물들이
내 여윈 가슴에 떨어진다.
모두다 내 가슴에만 떨어진다.

나는 슬픈 자극을 원하는 것일까!
그래서 슬픔에 절인 가슴으로 시를 써야 한다면
나는 진정 슬픔을 사랑해야 한다.

밤에 내리는 비의 소리는

나의 영혼을 잠들게 한다.

고요한 음악의 선율을 타고 슬픔에 절인 가슴 안에 찾아와

나의 영혼을 고이 잠들게 한다.

사랑으로 사랑함에 사랑하며

사랑으로 사랑함에 사랑하며…
버려야 할 것이 하나 있다면
그것은 욕심이다.
있는 그대로의 모습으로 하여 족함은
행복이 되나니.

나 행복의 빛깔로 가득함에
또한 내 안의 그대를 행복하게 한다네.

애처로운 눈빛으로 사랑을 갈구하는 그대.
사랑에 겨운 눈빛으로 내 맘속에 고이 숨 쉬는 그대.
우리의 함께함은
세상 그 어떤 고통스런 무게일지라도
꿋꿋이 버티어 나갈 수 있는
지주대가 되어 준다네.

사랑으로 둘러싸인 우리.

똘똘 뭉쳐 버린 우리.

오라 시련이여!

또한 시련 뒤에 더 강해지는

우리 사랑의 힘을 믿기에….

사랑으로 사랑함에 사랑하며…

우리에게 부여된 모든 것들,

이제 축복의 선물로 받아들이리.

사랑에 관하여

사랑,

그것은 우리들의 삶, 그 자체로의 의미.

사랑한다는 것은

진정 꾸밈없이 아름다운 삶의 수채화.

사랑은 신이 우리들에게 내려 준 축복.

영원한 숙제.

사랑은 엄숙하며, 고귀한 것.

그 자체로도 위대한

그리고 영원한 생명력의 원천인 것입니다.

사랑은 소유하지 않습니다.
교감을 통한 감동과 애정과 나눔이 있는 곳.
그곳에서 진정한 꽃은 피어납니다.

사랑의 별

사랑과 진실, 소망의 의미로
반짝이는 별.
그것은 언제나 어둠 속에서 만이 고이 피어나듯이…
우리 각자는 하나의 별들임에
숱한 시련 속에서 살아갑니다.
포기하지 마세요.
슬퍼하지 마세요.
어둠의 빛깔이 더 할수록
우리의 별은 더 환히 밝음으로
빛날 것입니다.

꺼지지 않는 사랑의 별.

우리는 사랑의 빛이 영원함을 믿습니다.

또한, 그 빛은 우리의 마음 안에서

우리를 지켜 줄 것입니다.

잎새 잃은 슬픈 나무

나무는 아낌없이 주었습니다.
헐벗고 앙상한 가지만이 남도록
주고 또 주었습니다.
초라한 모습이 되어 버린 지금, 모두가 떠나가고
나무는 혼자가 되었습니다.
나무는 이제 잎새 잃은 슬픈 나무로
긴 겨울을 나야 합니다.

어느 날, 그 나무 위로 새 한 마리가 날아 들었습니다.
그 새는 자주 날아와 나무 위에 앉아
노래를 부르곤 했습니다.
하여 나무는 외롭지 않았습니다.
나무는 그 새를 벗으로 사랑했습니다.

나무는 새에게 쉴 곳을 마련해 주고
더 오래 머물러 주길 바랬습니다.
사실 그곳에 가두어 놓고 싶었습니다.

하지만, 나무는 늘 그 자리에 있어야 하고
새는 자유로운 날개로 언제든지 떠나갈 것입니다.
곧 나무는 그 사실에 다시 슬퍼지게 되었습니다.
나무는 또다시 홀로 되고야 말았습니다.

이제 혹독한 긴 겨울을 보내고 나면,
잎새 잃은 슬픈 나무는
따스한 봄을 맞이하며 또다시 푸른 새싹을 틔우고,
싱그러운 잎의 미소를 드리울 것입니다.
또 그렇게 친구를 맞이하며,
사랑을 줄 수 있는 누군가를 위해…
행복해하겠지요.

나무는 언제나 그 자리에 있어야 하고
따스한 봄은 찾아옵니다.

작은 밀알이 되어

제 3 부

주님을 향한 한없이 작은 영혼의 노래

주님 내 품에

나 사랑함에
목적도, 조건도 없네.
단지, 대상만이 있을 뿐….
하여 나의 사랑에는 명분이 없다네.
주님을 사랑함에
또한 주님께서 부여해 주신 모든 것들을 사랑하나니,
이유 없는 사랑은
사랑, 그 자체가 목적이라네.

잎새 잃은 슬픈 나무는
이제 흩어져 가는 낙엽을 그리워하고
해가 짐에 달은 떠오르고
구름은 그 무게를 견디지 못하여 비를 내리고
산이 높다 한들, 하늘과 땅이 합쳐지지 못하나니
잃고 헤어지고 아파하고 그리워하고….

그런 헤아림이 미치지 못하는 세월 속에
때가 이르러
나 주님을 만나니
주님은 나의 하늘에서, 나의 가슴속에서, 나의 눈동자 위에서…
나를 밝게 비추이는 사랑의 별이 되어 주셨다네.

보라, 하늘이 따사로운 품으로 어둠을 내리는 것을…
별이 빛깔을 더해가며 유난히 반짝여 주는 것을….
주님 내 품에
영원히 내 품에서 사랑으로 숨 쉰다.

한 그루의 나무가 되어

메마른 척박한 땅 위에서,
절벽의 바위 틈새 사이로,
가시덩굴 속에서도
그곳에 뿌리를 내리고
새 생명의 새싹이 돋아남은
얼마나 경이롭고 아름다운가!

주님께서 지어 놓으신 섭리 안에서
생명이 다하는 그날까지
그저 온몸으로 지탱하고
온 힘을 다해 뿌리를 내릴 뿐….

더 이상 아무 것도 할 수 없음이 서러울 때
척박한 땅 위에 비가 내리고,
가시덩굴 깊숙이 햇빛이 쏟아져 내림은
주님의 보이지 않는 사랑이
어김없이 우리의 생명을 돌보고 계심이라네.

주님의 뜻이 땅에 떨어져 믿음의 뿌리를 내렸네.
그 믿음으로 주님의 사랑은 우리를 돌보셨다네.
우리의 소망은 새싹을 틔었고
우리의 기도로 자라고 자라
어느덧 나무가 되었다네.

언제가 더 큰 나무는 꽃을 피울 테고,
언젠가는 열매를 맺을 수 있겠지.
주님의 사랑 안에서
나는 기도한다네.
그저 주님을 향해 손 벌려,
온몸으로 감사와 찬미를 드릴 뿐….

나는 오늘도 묵묵히 서 있는
한 그루의 나무라네.
온몸으로 비를 맞고
온몸으로 햇살을 받으며
온몸으로 바람결에 살랑거리며 주님을 찬미한다네.

주님 사랑해요

저의 가냘픈 마음 안에서
정겨운 눈빛과 밝은 미소로 바라보고 계신 님이시여,
오늘 이 밤 당신의 모습이 떠오르면,
별들의 그 눈빛으로 당신의 마음속에 머뭇거릴 테요.

주님, 있는 그대로의 모습으로 사랑해요.
저의 모습이 초라해져도 끝내 사랑해요.
저의 눈물이 다하도록 진실을 말할 수 있게 해 줘요.
주님을 있는 그대로의 모습으로 사랑할 뿐이에요.

주님, 당신의 모습이 제 슬픈 마음 안에서 빛을 잃어 간대도
저는 체념할 수 없어요
슬픔을 모두 씻어 버릴 만큼의 눈물로 사랑해요.
사랑, 그 자체로 사랑해요.

주님, 저의 사랑은 당신의 별 아래
숙연히 떠돌고 있습니다.
당신의 별을 소유할 수 없는 저는
그저 당신의 종으로서 행복할 뿐입니다.
때론 당신 은총의 빛이
저를 정겨운 벗으로 초대해 주십니다.

주님, 이제 긴 시간이 지나면,
진실은 드러날 것입니다.
그리하여 진실한 사랑의 빛은 감동의 눈물이 되어
제 가슴을 흠뻑 적셔 줄 것입니다.

제 사랑의 보답으로
제 마음속 눈물의 바다 위에
당신은 반짝여 주는 하나의 별이 되어
저를 비추이겠지요.

그분은 커지셔야 하고
나는 작아져야 한다네

나 주님과 단둘이 살아가네.
모든 사람들의 모습 속에서 예수님을 만나며
현존하시고 살아 계신 주님을 맞이해 드린다네.

주님은 내 마음 안에서도 늘 환하게 웃고 계시네.
초라한 나에게 빛의 옷을 입혀 주셨고
내 안의 고통을 살아 있는 십자가로 축복해 주셨네.

나 이제 주님 뜻에 내맡겨 살아감이
얼마나 큰 기쁨이고 감동인지…
나의 존재, 나의 살아 있음 조차 잊어버리곤 한다네.
내 영혼 안에서 주님은 영원히 살아 계시니
나의 삶이 다하는 그날까지, 죽음조차도…
주님과 단둘이 나누는 사랑을 갈라놓을 순 없네.

아 진정, "그분은 커지셔야 하고 나는 작아져야 한다네."[1)]

1) "그분은 커지셔야 하고 나는 작아져야 한다."(요한 복음서 3장 30절)

주님을 향한
한없이 작은 영혼이 되어

내 안에 주님 뜻의 성을 쌓고
그 안에서 살아감은 얼마나 행복한 일인가!

그곳에는 슬픔도 분노도 걱정도 없고,
어떤 어둠의 세력도 들어올 수 없기에…
오직 주님의 은총 안에 머물며 살아간다네.
천상의 삶,
천국의 삶…
그곳의 주인은 오직 주님이시니…
내 작은 영혼은 주님의 빛에 매료되었고
나의 존재는 사라져 보이지 않는다네.

주님의 뜻은 황금으로 지은 성,
사랑으로 쌓아 올린, 절대 무너지지 않는 성,
주님의 거룩한 집,
지상의 에덴동산,
내맡긴 영혼의 안식처
그곳에서 나는 영원한 삶을 살리니
나의 사라짐은 주님께로 돌아가는 길이요,
주님과 일치하는 삶이라네.

주님을 향한 한없이 작은 영혼이 되어…
주님의 뜻에 영원히 내맡긴 영혼이 되어….

천상 엄마께 드리는 편지

오늘 밤에도 유난히 반짝여 주는 별이 있습니다.
세상에서 가장 아름다운 눈동자와
가장 아름다운 미소를 지닌
바다의 별입니다.

해와 달이 더 밝게 빛나고
때로는 구름이 하늘을 가릴지라도…
비가 몹시 내리고 폭풍우가 몰아쳐도…
언제나 그 자리에서, 빛을 잃지 않고
우리를 맞이해 주는 분이시여,

주님을 향해 나아가는 은총의 바다…
그 위에 떠서 미소짓는 아주 작은 별님이시여,

주님을 잃고 슬퍼할 때,
간절하고 애달픈 눈동자 위에서
눈물을 잔뜩 머금고 반짝여 주는 이여,

눈물이 흘러 가슴을 적실 때,
별빛의 속삭임으로
사랑과 소망을 담고
우리 마음 안에서 반짝여 주는 이여,

늘 우리와 함께
미소짓고, 눈물 흘리시는 당신은
우리의 영원한 천상 엄마입니다.

오늘 밤에도
엄마의 사랑의 눈빛과 포근한 품 안에서
잠들게 하소서!
아멘.

나의 별, 나의 주님

(성금요일 밤에)

보고 싶은데, 아주 많이 보고 싶은데
그리움의 물결이 밤하늘을 수놓는 이 밤엔 별 하나 없네.
나의 주님이 없는 저 하늘엔
나 누굴 위해 노래하리.
나 누구 있어 홀로 밤을 밝히려나.
나의 별, 나의 주님은 언제 오시려나.
나 또한 밤하늘의 방랑자가 되어
구름 속에 잿빛으로 물들어 이제 사그라져 가는구나.
아, 보고 싶은 주님은 언제 오시려나!

주여, 깊은 밤 홀로 외로이 밤하늘을 헤매이다가,
잔잔한 물결 같은 그리움으로 당신을 애타게 불러 봅니다.
이제 제가 눈물에 흠뻑 젖은
슬픈 별 하나 되어 당신을 기다려 봅니다.
깊은 밤 고통의 시간 속에서….

(성토요일 밤에)

주여, 이제 저희 불쌍한 영혼을 희망의 빛으로 감싸 주시고,

저마다 별빛 그리움을 키워 가며, 서로를 사랑하고,

우리가 모두 주님 안에서 행복의 미소를 짓게 하소서!

주님만이 깊은 어둠을 꿰뚫는 빛이요, 희망이요, 진리이시니…

이 고통의 잔들을 당신의 달콤한 사랑으로 다시 채워 주소서!

(부활주일 아침에)

주여, 당신은 힘차게 떠오르는 눈부신 태양의 모습으로 다가와 주소서!

당신의 빛 속에 우리 모두 하나 되어

영원히 당신 품 안에서 함께 숨 쉬게 하소서!

부활하신 주여, 당신을 영원히 찬양합니다!

이제, 영광스럽게 부활하신 주님을 뵙니다.

우리의 죄로 인해 십자가에 못 박혀 돌아가셨다가,

사흘만에 죽음마저도 이겨 내시고,

다시 우리 곁으로 돌아와 주신 주님,

온 세상 만물이 당신께 숙연히 고개를 숙입니다.

우리는 산 증인이며,

이 기쁜 소식의 증거자입니다.

주여, 당신은 진정

우리들의 영원한 빛, 생명의 빛, 희망의 빛, 구원의 빛이십니다.

질그릇처럼

나 이제 투박한 질그릇처럼 변해 가네.

그 질그릇 안에 보배의 말씀을 가득 채우고 나면,
믿음의 향기가 배어 나오고,
그 안에선 지혜의 말씀이 숙성되어
감미로운 술로 넘쳐 흐른다네.

나 언제나 그리스도의 향기에 취해 살며
지혜의 술잔을 나누리라.

질그릇 안에 보석을 간직한 채
언젠가 주님 앞에 온전히 보여 드릴 수 있는 진실을 간직한 채로….

나 이제 투박한 질그릇처럼
소박한 모습으로 살아가려네.

오직 영원한 것은

모든 것들은 지나가고 흩어지고 사라집니다.
오직 영원한 것은 주님뿐….
세상에 주님께서 주신 모든 것들,
지나고 보면 은총이 아닌 것이 없습니다.
주님 안에서 살아감은 그 자체가 은총입니다.

감사합니다. 아빠 아버지,

주님 안에서 살아 숨 쉬며

오늘 하루 가장 행복한 시간이었음에…

제 마음을 통하여 주님을 만나고

제 입술을 통하여 주님을 찬미하고

제 영혼이 참기쁨과 평화로 충만하오니…

이제 주님과의 사랑을 영원히 간직하려 합니다.

오직 영원한 것은 주님과

주님과의 변치 않는 사랑뿐이네.

날 수 없는 새

우리 가족은 너무나 오랫동안 새장 안에 갇혀 있었나 봅니다.

이제 새장의 문이 열리고 자유를 얻었지만,

세상에 나가기 위해서는 용기가 필요합니다.

저는 용기를 내어 창공을 향해 힘차게 날아 봅니다.

저의 날갯짓은 자유로왔고, 한동안 기쁨을 만끽했습니다.

그러나 곧 외로움을 느꼈습니다.

함께 날아 줄 친구가 없었기 때문입니다.

곧 두려워졌습니다.

어두움이 몰려오면 길을 잃을 것이기 때문입니다.

아직은 세상을 알지 못하기 때문입니다.

저는 이내 다시 새장으로 돌아오고 맙니다.
이곳이 나의 집인 양, 나의 가족과 함께…
다시 새장 안에 스스로 갇혀 버리고 맙니다.
익숙한 이곳에서 천천히 날갯짓을 연습하며…
저 창공을 향해, 진정한 자유를 얻기까지…
아직 우리 가족에게는 시간이 필요한가 봅니다.

저는 진정 날고 싶습니다.
더 넓은 세상을 향해….

비움과 채움

세속적인 것들을 비우지 아니하면,

주님의 것으로 채워지지 않습니다.

채움 보다는 비움이 먼저라는 사실을 깨달아야 합니다.

주님은 겸손하며 감사할 줄 아는 사람의 편이 되어 주십니다.

욕심은 악으로부터 나오고 모든 죄의 근원입니다.

아낌없이 내어 놓더라도

우리의 영적 곡간은 주님 말씀의 곡식들로 가득 채워집니다.

우리는 이러한 말씀의 곡식을 먹고 살기에

주님의 백성이 된 자로서 절대 굶주리지 않습니다.

주님께서 주신 영원한 생명의 빵,

그것은 곧 말씀이며, 그리스도이십니다.

주님 감사합니다.

들꽃처럼

낮춤이란 무엇일까?

주님을 삶의 제일 앞에 놓고 나의 뜻이 아닌 주님의 뜻대로 이루어지길 바라며,

섬김으로 살아가는 삶일 것입니다.

무언가를 얻기 위해 채우려 노력함이 얼마나 부질없는 일이었는지….

이제 낮춤을 위해서 할 수 있는 가장 좋은 일은

채움이 아니라, 그저 비움을 실천해야 하는 것임을 알기에

그냥 이름없이 살고, 보이지 않게 봉사할 수 있으면 좋겠습니다.

이름없는 들꽃처럼 그저 소박하게 피었다가 행복하게 지면 족할 뿐입니다.

아멘.

독수리의 힘찬 날갯짓처럼

독수리의 힘찬 날갯짓처럼,

어깨를 활짝 펴고 당당하게 나아가리.

날개를 활짝 펼 때, 창공을 나는 두려움은 창공을 나는 즐거움이 된다.

주님의 은총으로, 성령 충만으로…

이제 주님께서 그 두려움을 지혜와 용기로 바꾸어 주시리니,

나는 믿음의 날개로 하늘을 난다.

내 영혼의 날개가 나를 자유롭게 한다.

예수님 성체 성혈로

예수님 성체 성혈을 내 몸 안에 받아 모시고,

내 안에 잠들어 있던 성령님을 깨워 숨결을 불어넣으면,

이제 예수님께서 내 몸을 빌어 부활하시게 됩니다.

이것은 위대한 기적입니다.

예수님께서는 내 몸 안에 살아 계시며 나와 일치를 이루십니다. 아멘.

이제 나의 끊임없는 기도로

나의 영혼과 예수님께서 영원히 함께 살아 숨 쉴 것입니다.

나의 기도는 나를 살리고 내 안의 예수님을 살리고

또한 가족과 이웃을 위한 은총이 되어 줄 것입니다.

아멘.

욕망

제가 욕망을 끊지 못하여 예수님께서 매를 맞으시고,

그러고도 욕망을 버리지 못하여 가시관을 쓰시고,

또 욕망에 빠지고 넘어져 십자가를 지시고,

그럼에도 또 욕망에 빠져 예수님께서 못 박히시고,

죄가 넘치고 넘쳐 이제 예수님이 나를 위해 돌아가셨네.

오! 어찌하리오.

나의 죄를 대신하여 돌아가신 주님.

예수님을 돌아가시게 한 죄인은 어리석은 나요,

그러한 예수님을 거룩하게 하시어, 회복시켜 주시고, 부활하도록 하신 분은

자비하신 아버지이시네.

이제 예수님의 희생을 통하여

나의 욕망도 십자가에 못 박혀 죽었음을 기억하며

나 새롭게 태어나리라.

상처

상처는 잔잔한 호수에 가라앉아 있는 시꺼먼 찌꺼기와 같습니다.

겉으로 보기엔 호수가 평화롭고 맑고 깨끗해 보이지만,

저 바닥 깊은 곳에서부터 서서히 썩어 가며 물을 오염시킵니다.

호수를 깨끗이 청소하려면 바닥을 모두 헤집어 놓아야 하듯…

우리 마음 깊은 곳의 상처를 치유하려면

마음을 모두 들추어 내야 합니다.

그것은 아픔이 될 수도 있고 용기가 필요합니다.

상처가 있는 곳엔 마음의 가시가 자랍니다.

그 가시는 나를 보호하는 무기이지만,

다른 사람들을 찌르고 아프게 합니다.

다른 사람에게 또 다른 상처를 주고 맙니다.

우리는 각자 가시를 키워 가며 서로를 경계합니다.

우리가 마음의 평화를 위해,
마음의 벽을 허물기 위해,
마음을 깨끗이 정화하고 온유해지기 위해
우리가 상처를 치유해야 하는 까닭입니다.

이제 천상 엄마께 매달리며 엄마의 품에 안겨 봅니다.
엄마의 망토 안에 숨어 봅니다.
그 안에서 마음껏 울어 봅니다.
그분께서는 사랑의 묘약으로,
세상에서 가장 따뜻한 손길로,
우리의 마음을 어루만져 주십니다.

천상 엄마의 품에서 위로받고, 상처를 치유하고 나면
이제 그 자리는 사랑으로 채워질 것입니다.
이제 쉽게 상처받지 않을 만큼
우리의 마음은 더욱 단단히 굳세어질 것입니다.
아멘.

고해성사

영혼의 때,

영혼의 누더기 옷,

내 안의 부끄러움입니다.

마음의 때를 씻지 못하여

은총의 옷을 입지 못하였습니다.

언젠가 주님 나라에 초대받을 것인데

여전히 악습은 끊어 내기 힘들고

크고 작은 죄들로 인해 마음의 상처를 내고

주님 나라에 들어갈 자격이 있을까? 근심하며

부끄러운 마음으로 죄를 용서해 주십사 청해 봅니다.

나의 기도는 부끄러움을 감추기 위한 것일 뿐…

나를 스스로 변화시키기엔 아직 너무 부족합니다.

삶의 무게가 더해질수록 일상적인 죄도 늘어만 가니

이 일을 어찌해야 할지….

내 안의 부끄러움을 감출 순 없습니다.

주님께서 모든 것을 알고 계시기 때문입니다.

내 안의 주님께 아무것도 숨길 수가 없습니다.
이제 주님 앞에 무릎을 꿇고
고해성사의 은총으로 마음의 때를 씻어 내려 합니다.
주님은 우리의 모든 것을 용서해 주시는 분,
우리가 죽는 날까지
우리들 중 그 누구도, 단 한명도 포기하지 않으십니다.
주님 앞에 부끄러움 없이 참모습을 갖출 수 있도록
인내하시며 기다려 주십니다.
주님은 무한한 사랑, 한없이 크신 사랑이시기 때문입니다.
아멘.

우리를 기쁘게 하는 것

아름답기 때문에 사랑하는 것보다
사랑하기 때문에 아름다운 것.
그것이 우리를 더욱 기쁘게 합니다.

부유하기 때문에 도와주는 것 보다
나눔을 실천하며 마음이 풍요로워지는 것.
그것이 우리를 더욱 기쁘게 합니다.

즐겁기 때문에 노래하는 것보다
노래하기 때문에 즐거운 것.
그것이 우리를 더욱 기쁘게 합니다.

가끔 절박함으로 기도하는 것보다
늘 기도하며 감사와 찬미를 바치는 것.
그것이 우리를 더욱 기쁘게 합니다.

내가 부족함으로 주님을 사랑하는 것보다
주님께서 먼저 나를 한없이 사랑해 주시는 것.
그것이 우리를 더욱 기쁘게 합니다.

작은 밀알이 되어

제 4 부

주님의 뜻에 내맡긴 영혼의 노래

작은 밀알이 되어

새벽의 고요한 수평선 너머로 아침 햇살이 드리워질 때,
들녘의 촉촉 젖은 풀잎들에 이슬 방울이 반짝이네.
이름 모를 풀잎에 매달려 마지막 몸부림을 다하듯….

보라, 밤새 주님은 우리를 어둠으로 포근히 감싸 주셨고
당신의 숨결로 평온한 안식을 주셨네!
슬픔에 잠들었던 수많은 영혼들이 다시 깨어나는 시간,
이제 우리의 삶이 잠에서 깨어
주님 안에서 새롭게 시작된다네!

주님, 아침에 깨어 기지개를 켜고 창문을 열면,
밖에서 들어오는 신선한 공기를 통해 당신의 숨결을 느낍니다.
곱게 뿌려지는 햇살 속에서 당신의 따스한 품을 느낍니다.
밝은 아침이 한 폭의 수채화를 그려 놓은 듯,

제 앞에 아름다운 세상이 펼쳐 집니다.

감사합니다 주님,
저의 살아 있음에,
오늘도 당신 품 안에서 눈뜰 수 있도록 허락해 주심에….

당신께서 주시는 무한한 사랑을 느끼며…
따스한 햇빛 아래,
생명의 물을 머금고,
어머니의 토양 속에서
저는 그저 하나의 씨앗이 되어 내맡겨진 영혼입니다.

작은 밀알이 되어,

썩고 또 썩어, 세속적인, 인간적인 뜻이 사라져갈 때…

이제 제가 사는 것이 아니오, 주님께서 제 안에서 사시듯…[2)]

주님의 뜻 안에서 새롭게 태어날 것임을 믿으며

오늘도 저는 주님 안에 온전히 내맡겨 드릴 뿐입니다.

아멘.

---

2) "이제는 내가 사는 것이 아니라 그리스도께서 내 안에서 사시는 것입니다. 내가 지금 육신 안에서 사는 것은, 나를 사랑하시고 나를 위하여 당신 자신을 바치신 하느님의 아드님에 대한 믿음으로 사는 것입니다."(갈라티아 신자들에게 보낸 서간 2장 20절)

주님의 이끄심

저에게 내맡김은 주님의 이끄심을 믿는 것입니다.

주님께서 우리 각자의 길을 마련해 주시고
주님께서 이끌어 주실 것임을 믿는 것입니다.
주님께서 이끌어 주시는 길이 진리요 최선이며,
주님의 도움으로 무엇이든지 해낼 수 있음을 믿는 것입니다.
주님의 이끄심을 통해 아버지의 뜻대로 살아갈 수 있음을 믿는 것입니다.
제가 걸려 넘어질 때 주님께서 손을 잡아 주시고
제가 지쳐 쓰러질 때 주님께서 일으켜 세워 주실 것임을 믿는 것입니다.

주님의 이끄심은 주님께서 앞서 십자가를 짊어지신,

죄의 보속을 위한 고통의 길이며,

십자가를 통해 하늘 나라로 들어가는 문을 마련해 주신 생명의 길이요,

주님의 이끄심은 곧 구원의 길입니다.

오늘도 저는 주님의 이끄심에 따라 살아갑니다.

주님을 위해서, 주님의 의지로, 주님과 함께, 주님 안에서 살아갑니다.

아멘.[3)]

---

3) "나는 눈먼 이들을 그들이 모르는 길에서 이끌고 그들이 모르는 행로에서 걷게 하며 그들 앞의 어둠을 빛으로, 험한 곳을 평지로 만들리라. 이것들이 내가 할 일 나는 그 일들을 포기하지 않으리라."(이사야 42장 16절)

내맡기도록 이끄시는 주님

주님께서 우리에게 시련을 주시는 까닭은
완고해진 우리 마음을 누그러뜨리고
우리 자신을 주님께로 온전히 내맡기도록 이끄시기 위함입니다.
주님은 우리를 포기하지 않으십니다.
늘 손을 내밀어 주시고,
따스한 가슴으로 맞이해 주십니다.
함께 손잡고 함께 나아가 주시기 위함입니다.

주님의 사랑은 우리의 바람과 어긋납니다.
그래서 우리에겐 아픔이 많습니다.
그러나 그 좌절과 고통의 시간도
잠시 스쳐 지나는 바람에 지나지 않고
주님의 완전한 사랑과 일치 안에서
우리는 영원한 행복을 누리게 될 것임을 믿습니다.

우리가 지금 아주 먼 가시밭길을 걸어가야 한다 해도
주님의 사랑을 향한 우리의 믿음이
그 고통을 축복으로 바꾸어 줄 것입니다.
주님께서 먼저 가셨던 그 길을
이제 주님과 함께 걸어 가렵니다.
아멘.

주님만을 향한
내맡긴 영혼의 노래

한없이 작아지고, 한없이 낮아져서 땅에 닿는 그날까지,
공중에 흩어져 먼지처럼, 바람처럼 사라지는 그날까지,
한방울의 작은 물방울이 되어 바다에 스며드는 그날까지,
순수한 영혼으로 다시 태어나 아버지를 뵙는 그날까지….

주님을 향한 내맡김은
저에게 완전한 겸손이며, 완전한 비움이며,
완전한 일치이며, 완전한 사랑입니다.

아버지의 영광을 위하여, 아멘.

바다를 향해 가는 꿈

시냇물이 굽이쳐 흘러도 강에 이르고
강이 굽이쳐 흘러도 바다에 이르나니
주님의 뜻에 내맡김은 흐르는 물과 같다.

흘러 흘러 바다를 향해 가는 꿈을 싣고
자연의 섭리대로, 주님의 뜻대로
그저 이렇게 굽이쳐 흘러감은 얼마나 즐거운 일인가!

주님께서는 길을 곧게 내시지 않으시는 분,
우리는 오늘도 주님만을 꼭 부여잡고 굽이굽이 흘러야 한다.
세상이 우리의 눈과 귀를 속일지라도
유혹의 길로 빠지지 않을 것임을 믿으며,
설령 위험한 길에 다다를지라도
주님께서 그 길을 넘어서도록 용기와 힘을 주실 것임을 믿으며,

우리의 현재 모습이 보잘것없을지라도
주님께서 그 부족함을 보시고
우리에게 꼭 필요한 은총을 가득 채워 주실 것임을 믿으며….

이제 우리가 강물에서 만나 하나 되고
주님을 부여잡고 함께 굽이쳐 흘러갈 수 있기를,
언젠가는 모두 바다에서 만나게 되리니
그 때 우리가 지나온 길이 얼마나 아름다웠는지!
주님께서 동행해 주셨던 길이 얼마나 큰 은총의 시간이었는지!
함께 회상할 수 있기를….

오늘도 우리는 굽이쳐 흐르고 또 흐른다.
은총의 바다를 향해 가는 꿈을 싣고….

(우리가 주님의 뜻 안에서 서로 사랑하고 존중하며 지혜를 모아, 다양성 안에서의 일치를 이루고, 하나의 꿈을 향해 나아갈 수 있기를 소망하며….)

오늘도 나는
주님만 바라봅니다

믿음의 단단한 토양 위에
기도로 기둥을 세우고
말씀의 벽돌로
집을 지었습니다.
겸손의 마음으로 지붕을 덮었습니다.
오소서 주님.
이곳 성전에 오시어 저희와 함께 사시옵소서!

주님께서는 공간과 시간을 초월하신 분,
어디에나 계셨고, 어디에나 영원히 계신 분,
또한 우리는 주님 안에서
늘 기쁨으로 충만하니
어떠한 상황에서도 슬픔의 늪에 빠져들지 않고
홀로 걷는 길을 두려워하거나 외로워하지 않는다네.

오늘도 나는 주님만 바라봅니다.
나를 영원히 지켜주시는 분,
당신 앞에서 나는
언제나 어린 아이에 지나지 않습니다.
"너 어디 있느냐?"
주님의 부르심에 즉시 응답할 수 있도록…
저는 언제나 주님만 바라볼 뿐입니다.

이제 주님의 뜻을 알게 하소서!
그리하여 삶의 지혜와 확신을 얻고,
주님의 쓸모 있는 도구로 살아가고자 함입니다.
제가 살아 숨 쉼은
주님께 온전히 되돌아가기 위함입니다.
이 고독하고 힘든 삶의 여정에서 유일한 희망의 빛,
저는 주님 안에서 주님만을 바라봅니다.

세상의 소금이 되는 것

주님의 부르심으로
세상의 빛과 소금이 되라는 소명을 받았습니다.
그러나 주님 뜻의 "종"이 된 자로서
어찌 주님 앞에 빛을 말할 수 있으리오.

저에게 주님의 뜻에 내맡김은
'세상의 소금'이 되는 것입니다.
그 자체로는 화려하지도 특별하지도 않으나,
순명하며,
조직에 스며들고,
프로그램을 맛깔나게 해 주며,
마지막에는 사라져 보이지 않는
그래서 그곳에는 오직 주님의 영광만이 밝게 빛날 수 있도록
주님의 빛 안에 함께할 수 있기를…
바라는 것입니다.

모든 것들은 지나가고 흩어지고 사라집니다.
오직 영원한 것은 주님뿐….
세상에 주님께서 주신 모든 것들,
지나고 보면 은총이 아닌 것이 없습니다.
주님 안에서 살아 감은 그 자체가 은총입니다.

감사합니다. 아빠 아버지,
주님 안에서 살아 숨 쉬며
오늘 하루 가장 행복한 시간이었음에….
제 마음을 통하여 주님을 만나고
제 입술을 통하여 주님을 찬미하고
제 영혼이 참기쁨과 평화로 충만하오니…
오늘 주님과의 사랑을 영원히 간직하려 합니다.

사랑과 진실과 믿음으로

내맡긴 영혼이여,
사랑과 진실과 믿음으로 주님을 찬미하여라!

내게 사랑이 있다면
단 하나의 별을 가슴속에 품고 싶습니다.
그 별은 내 마음 안에서 살아 숨 쉬는
영원히 꺼지지 않는 사랑의 빛이 되어 줄 것입니다.

내게 진실이 있다면
눈물에 맺힌 별처럼 진실만을 위해 몸부림치고 싶습니다.
눈물이 가슴을 적셔 와도
이제는 아파하지 않을 것입니다.
주님의 따뜻한 위로와 늘 함께이기 때문입니다.

내게 믿음이 있다면
난 밤새 나의 별을 지키고 싶습니다.
비록 짙은 구름에 가리어 사라지고
눈부신 태양 아래 빛을 잃는다 해도
늘 고요한 밤을 기다리며
주님의 빛이 영원함을 믿습니다.

주님, 사랑과 진실과 믿음으로
저는 당신과 하나입니다.
제가 살아 숨 쉼과 존재의 의미는
당신의 뜻 안에 함께이기 때문입니다.
고단한 삶 속에서 이 깨달음을 얻기까지
많은 세월 동안 너무나 아팠습니다.
볼 수도, 만질 수도, 헤아릴 수도 없는 주님,
그 그리움의 끝으로 이제 제 마음 안에 별이 되었습니다.

나의 별, 나의 주님!

이제 저희 불쌍한 영혼을 희망의 빛으로 감싸 주시고,

저마다 각자의 별을 꼭 간직한 채로 그리움을 키워 가며,

서로를 사랑하고,

우리가 모두 주님 안에서 행복의 미소를 짓게 하소서!

주님께 나를
온전히 내맡기며

살아오며 너무나 아팠던 기억들,

고통의 시간들을 봉헌하오니

주님, 그 고통을 은총의 시간으로 바꾸어 주소서!

어떠한 고통이라도 이겨 낼 수 있는 힘을 함께 주소서!

아멘.

그리스도 나의 예수님,

용서하소서!

부끄러운 이 죄인을….

나 이제 가시밭길을 걷는다 해도 주님을 원망하지 않으며

그 어떤 고통도 은총으로 받아들이겠나이다.

주님께서 함께 손 잡고 먼 길을 걸어가 주시나니

이 고통의 길이 아무리 멀다 하여도

주님과 함께 하는 이 순간이

저에겐 가장 행복하나이다.

아멘.

주님께 온전히 나를 내맡기고

주님의 영이 내 안에 충만하며 나를 이끄시니

내 마음이 기쁨으로 가득 넘치나이다.

이 즐거움을 이제 함께 나누나니

그것이 곧 이웃을 위한 사랑이 되고

나의 기쁨의 샘이 마르지 않듯…

사랑 또한 영원할 것임을 믿나이다.

아멘.

아침이 되어

감사합니다. 아빠 아버지,
제가 오늘도 눈 뜰 수 있도록 허락해 주심에….

어둠은 온 세상을 잠들게 하고
우리의 고난과 슬픔까지도 삼켜 버렸습니다.
이제 아침이 되어 당신의 영광 속에서 생명은 눈 뜨고
주님의 고귀하신 빛이 세상을 새롭게 만듭니다.
세상은 당신의 숨결로 곧 생기를 되찾았습니다.
당신의 속삭임은 살랑이는 바람결로 와 닿습니다.

찬양합니다. 아빠 아버지,

세상의 모든 피조물들이 당신을 향합니다.

오늘 일용할 양식을 통해 성실히 살아가고,

오늘의 땀방울로 내일 또다시 살아갈 양식을 얻을 뿐….

우리는 그저 주님을 향하고,

주님께서 허락해 주시는 오늘의 것에 만족하며

축복해 주시는 하루 하루를 살아갈 뿐입니다.

아멘.

기도하며 주님 안에서

기도하며 주님 안에서
나는 늘 기쁘고 행복합니다.
주님과 늘 함께이기 때문입니다.

기도하며 주님의 이끄심으로
나는 무엇이든지 해낼 수 있습니다.
주님께서 함께해 주시기 때문입니다.

기도하며 주님의 뜻에 따라
나는 최선을 다해 노력할 것입니다.
주님의 뜻에 나의 길이 있고
쉼 없는 노력으로 나태와 교만에 빠지지 않으며
보다 완전한 사람이 되어야 하기 때문입니다.[4]
나는 마침내 완성되고,
결국 승리하게 될 것임을 믿습니다.

4) "하늘의 너희 아버지께서 완전하신 것처럼 너희도 완전한 사람이 되어야 한다."(마태오 복음서 5장 48절)

주님 뜻의 밀알 하나

주님 뜻의 밀알 하나가
이곳에 떨어졌네.

그것은 꺼져 가는 성령 쇄신의 깃발 위에
새로운 활력과 빛을 밝혀 줄 희망의 선물이라네.
그것은 아버지의 뜻이 이루어질 거룩한 땅의 씨앗이며,
이땅이 품을 제3의 피앗을 담고 있다네.

아버지의 뜻 안에서
"주님의 기도"가 이루어지리니
이제 이곳에 아버지의 나라가 오소서!

오늘, 꿈 하나가 이 땅 위에 떨어져 자라고 있네.

이제 우리가 주님의 뜻 안에서 성덕의 길로 나아갈 수 있기를,

우리가 주님의 뜻대로 사는 삶의 개척자가 되어 주기를,

개인의 치유를 넘어 세상을 치유하는 회복의 더 큰 꿈을 품고,

주님의 구원 사업이 성화 사업으로 완성되어 갈 수 있도록…

아버지의 영광을 위하여…

아멘.

고통의 바다에 깊이 잠겨

사랑하는 주님,
제가 바다처럼 깊은 고통에 잠기게 하시되,
하늘처럼 높고 끝없는 기쁨도 함께 주시어
그 기쁨으로 주님을 찬미하게 하소서!

사랑하는 주님,
저의 고통의 삶이 주님을 향할 때
그것은 끊임없는 기도가 되어 주리니,
저의 기도를 외면하지 말아 주십시오.
저의 고통과 주님 수난의 고통을 합쳐서
아버지께 봉헌 하오니,
부디 주님의 뜻 안에서 선과 보속으로 쓰여지게 하소서!

주님의 매,
제가 어찌 피할 수 있으리오.
부디 제가 주님의 뜻 안에서 새로이 태어나게 하소서!

주님의 시험,
제가 어찌 그 안에서 좌절할 수 있으리오.
부디 제가 고통 뒤에 올 선익을 보게 하시고
유혹을 견디어
주님의 더 큰 은총으로 보상받게 하소서!

제 자아가 만들어 낸 굴레에 갇힌 스스로의 노예가 되지 않게 하시고
주님의 뜻만을 섬기며 따르게 하소서!
지금의 고통이 제 뜻을 버리는
거듭 태어남의 성장통임을 알기에 기쁘나이다.

주님께서 주신 선물, 예비해 놓으신 은총은
지금 고통이라는 포장지 안에 담겨져 있음을 믿기에,
저는 선물을 기쁘게 받아 들고
지금은 그저 고통의 바다에 깊이 잠겨 있겠나이다.
아멘.

오늘도
십자가의 길을 걸으며

더 많이 기도하고,
더 깊이 사랑하여라!
내 어깨에 짊어진 십자가를
험난한 인생의 가시밭길 위에서도 내려 놓지 않으며
나는 나의 길을 가리.

힘에 겨우나 기댈 곳이 없어 바닥에 주저앉아 버리고
내 손을 잡아 줄 이 없어 초라한 빈손으로 일어나
고독의 길을 가더라도…
나의 기도는 흥에 겨운 노래로 슬픔을 멎게 하고
나를 지켜 주는 이 나의 등을 두드리며
내 슬픈 영혼의 마음을 다독여 주리.

나는 오늘 나의 십자가를 다시 짊어지고 웃고 있다.
예수님의 뜻을 따라
내 인생의 여행길에서 참된 나를 찾아가며

내 삶의 고통에서 구원 받으리라는 희망을 가슴에 꼭 간직하고….

나의 주님이 대신 짊어진 십자가를
이제 이 죄인이 모두 짊어지고
십자가의 길을 홀로 갈 수 있으면 좋으련만….[5)]
오늘도 나는 생각으로 죄를 짓고
예수님께서는 가시관을 쓰시고 피 흘리셨다네.
오늘도 세상의 유혹에 넘어가는 죄를 짓고
예수님께서는 옷 벗김의 수모를 당하셨다네.
오늘도 또 그렇게 악습과 싸워 이기지 못하니
예수님께서는 내 욕망의 죄를 영원히 끊어 주시기 위해
발등에 대못이 박히는 엄청난 수난을 또 겪고 계시네.

5) "누구든지 내 뒤를 따르려면 자신을 버리고 제 십자가를 지고 나를 따라야 한다."(마르코 복음서 8장 34절)

오 어찌하리오. 이 죄인을,

이제 또 길을 나서며

예수님께서 세상 모든 죄의 무게를 짊어지시고 저만치 앞에 가고 계시니….

오 나의 주여.

이 죄인을 용서하소서!

주님, 이제 제가 오랜 침묵과 묵상 안에 있게 해 주소서!

제 안의 부끄러움을 씻어 내기 위함입니다.

제 십자가를 사랑하고

십자가를 통해 주님의 은총을 청하기 위함입니다.

아멘.

십자가의 길, 구원의 길

우리가 죄를 지을 때마다
예수님께서는 가시관을 쓰시고 피를 흘리시며
눈빛으로 말씀하십니다.
"얘야, 많이 힘들구나!"

이 세상의 죄를 다 짊어지신 그 무게,
그 고통을 우리가 어찌 알리오.
숨이 막히고 가슴 깊이, 뼛속 깊이 파고 드는 아픔을
느껴보지 못한 우리가
어찌 그 고통의 깊이를 이해하리오.

감사합니다. 주님
당신께서 걸으셨던 십자가의 길은
고통의 끝이 아니라,
죽음의 끝이 아니라,
현재도 계속 나아가는 길이요,
우리의 구원을 위한 영원한 생명의 길임을…
이제서야 삶의 고통속에서 조금씩 깨달아 가고 있습니다.

하여 당신께서 걸으셨던 그 길
우리도 따라 가려 합니다.
주님, 저희의 삶을 구원하소서!

십자나무와 성령열매

나는 십자나무요,

주님과 함께 못 박히고 한 몸으로 일치를 이루며 살아가려 하네.

오랜 방랑의 세월 속에서 주님을 만나

주님의 뜻에 이끌린 나는

세 분의 성인께서 거룩하게 만들어 주신,

성령님의 은총이 풍성한 이곳에 정착하였네.

나의 영혼이 젖과 꿀이 흐르는 약속의 땅에 와 있나니,

이제 이곳에 나의 밀알을 심어 썩게 한다면,

먼 훗날 많은 성령의 열매를 맺을 수 있으리.

이곳 성지에서 샘 솟는 성령님의 은총의 샘물은
우리들의 영적 목마름과 갈증을 채워 주고
우리들의 육신을 치유시켜 주실 것이라네.[6]

성령 충만으로 하늘과 닿아 있는 이곳에서
우리들의 간절한 기도가 거룩히 봉헌되고
우리는 아버지께 감사와 찬미와 흠숭을 바칠 것이라네.
아멘.

---

6) "내가 주는 물을 마시는 사람은 영원히 목마르지 않을 것이다. 내가 주는 물은 그 사람 안에서 물이 솟는 샘이 되어 영원한 생명을 누리게 할 것이다."(요한 복음서 4장 14절)

고통 속에 담긴 축복

아픔을 겪어 본 사람만이 그 아픔을 온전히 알게 됩니다.
다른 사람의 아픔을 어루만져 주고,
주님의 일꾼으로 쓰임 받기 위해,
나를 단련시키고 정화시키기 위한
이 고통이야말로
주님께서 주시는 고귀한 은총의 선물입니다.

예수님께서는 아버지의 뜻에 순명할 때,
죽음의 고통이 곧 부활의 영광으로 반전되고,
구원의 영원한 삶으로 나아가는 은총이 된다는 것을 증명해 주셨습니다.

고통 속에 담긴 축복,

주님의 뜻 안에서 우리들은 이제 고통이 두렵지 않습니다.

주님을 향한 굳건한 믿음으로 하여

예수님께서도 우리와 연결된 생명의 끈을

꼭 붙들어 주고 계심을 알고 있기 때문입니다.

우리의 영원한 피난처,

사랑의 성모님 망토 안에서

세상 아무것도 두렵지 않기 때문입니다.

아멘.

십자가에 매달려 계신 주님께서

십자가에 매달려 계신 주님께서 사랑하는 눈빛으로 말씀 하십니다.

"내 아가야, 나의 모상으로 창조된,
세상에 단 하나밖에 없는 나의 소중한 아이야,
괜찮다!
나는 너를 사랑한다.
너를 진실로 사랑한다.
너를 아낌없이 사랑한다.
너의 아픔을 내게 다오!
나는 십자가 수난의 길에서
너에게 은총의 옷을 다시 입혀 주고자 옷 벗김을 당했고
너의 온갖 종류의 죄를 하나하나 아버지께 보상해 주고자
피범벅이 되도록 매를 맞았으며
너의 생각으로 범하는 죄들을 속죄해 주고자 가시관을 썼고

너의 무거운 십자가를 대신 짊어지고

극심한 고통 중에서도 골고타 언덕을 올랐으며,

오늘도 십자가에 못 박히고,

십자가에 매달려 한없이 너를 사랑한다.

네 영혼을 내게 맡겨 다오!

너의 세속적인, 인간적인 뜻을 모두 나와 함께 십자가에 못 박아,

온전히 아버지께 봉헌할 때,

너는 진정 참평화를 얻게 되리니,

부디, 네 영혼을 내게 맡겨 다오!"

우리 각자에게 주어진 십자가가

곧 구원의 문이요, 천국으로 들어가기 위한 열쇠입니다.

주님의 뜻으로 살아감은

주님의 뜻이 내 영혼을 다스리시는 삶 속에서
오직 주님의 뜻으로 살아감은
얼마나 행복한 일인가!

주님께서 주시는 이 평화를
그 무엇도 깨뜨릴 순 없네.
주님의 뜻 안에선
주님께서 부여해 주신 고통들 조차도
축복의 통로가 되어줄 것임을 알기에…
그 뒤에 올 은총을 겸허히 기다릴 뿐이라네.

세상적인 달콤함은
더 이상 매력적이지 않고 나를 유혹할 수 없네.
나는 오직 주님의 사랑 안에서
황홀한 영혼으로 살아가길 바라네.
나 세상 그 무엇도 부러울 게 없는 까닭은
내 안에 주님을 소유한 이상,
또한 세상의 모든 것을 소유하고 있기 때문이라네.

나 오직 주님의 뜻으로 살아감은
내 안에 주님의 나라를 세우고
주님을 첫자리에 모시며
주님만을 바라보고
주님만을 기쁘게 해 드리며
오직 주님과의 사랑을 통해
주님과 함께 하는 행복을 만들어 가는 것이라네.

제 5 부

주님 뜻의 밀알 하나

"밀알 하나가 땅에 떨어져 죽지 않으면
한 알 그대로 남고, 죽으면 많은 열매를 맺는다."
(요한 복음서 12장 24절)

• 세상에서 가장 값진 보석,
주님 뜻의 작은 진주들,
그것은 가슴에 새겨진 주님께서 주신 말씀입니다.

• 말씀의 칼은 단순하고 함축적이며 강력합니다.

• 우리 신앙인에게 주어진 삶은 주님 뜻 안에서의 영적 순례입니다. 온전히 주님의 뜻대로 살기 위한 연습이며, 영적 성숙의 시간입니다.

• 주님의 뜻, 주님의 의지를 받아서 아버지를 사랑하고, 이웃을 사랑해야 완전한 사랑이 됩니다.

• 온전히 주님의 뜻대로 산다면, 완전히 정화되고 더 정화할 것이 없으면 연옥을 거치지 않고 천국으로 직행할 수 있습니다.

• 자기 뜻대로 사는 삶이 죄의 산물이며, 원죄입니다.

• 말씀이신 생명의 빵을 배불리 먹어야 합니다. 그래야 다른 어둠의 영적 양식들을 먹지 않게 됩니다.

• 개인의 치유를 넘어서, 세상을 치유하는 기도 공동체로 거듭나야 합니다. 이제는 세상 속으로, 더 큰 사명으로 나아갈 때입니다. 말씀의 칼로 무장하고 주님의 사랑 안에서 일치를 이룹시다. 우리의 적은 우리 안에 있지 않으며 언제나 어둠의 영적 세력들입니다. 우리는 공동체 안에서 그들과 싸울 힘을 키워야 하고 늘 말씀과 기도로 함께 하며 무장해야 합니다. 세상 속에서 어둠의 세력들과 맞서 싸웁시다. 아멘.

• 그 시절, 나는 개울가의 조약돌 하나, 들녘에 핀 이름 없는 들꽃 하나, 흔적 없는 바람 한 점처럼, 그렇게 아무것도 아닌 채로 살았습니다. 그러던 어느 날, 주

님께서는 내게 이름을 지어 주셨고 나의 이름을 불러 주셨습니다. 그리고 쉼 없이 부르고 계십니다. "너 어디 있느냐?", "주님, 저는 늘 주님 안에 있습니다." 아멘.

• 쉼, 주님께서도 창조 사업 후 이렛날에 쉬셨듯이, 쉼은 새로운 일을 위한 충전의 시간으로 꼭 필요합니다.

• 나는 특별하다. 주님께서 아버지께서 나를 사랑하시기 때문이다.

• 미움, 시기, 분노, 욕정, 악습 등이 어둠의 세력과 관계를 맺고 우리에게 나쁜 영향을 미치도록 합니다. 이 연결 고리를 끊고 단교하려면, 이제 진심으로 용서하고 화해하며, 회개해야 합니다.

• 악인들을 주의해야 합니다. 그들은 알곡 속에 숨은 가라지로 영양분을 빼앗아 가기 때문입니다. 그들은 함정을 파 놓고 그 속에 빠트리려 합니다. 그들은 내 마음속 고요한 호숫가에 돌을 던져 마음의 평화를 깨뜨립니다. 그럼에도 함께할 때는 그들의 잘못을 주

님께 봉헌하고 완전히 맡겨야 합니다. 그들의 뾰족함으로 나의 모난 구석을 다듬고 마음을 굳세게 단련시켜 주는 도구로 삼으며, 주님께 위로를 받습니다. 아멘.

• 세속적인 명예는 나를 좀 더 높은 곳으로 올라가게 하고 흡족하게 하지만, 한 순간에 낭떠러지로 떨어져 죽음에 이루는 길이 될 수도 있습니다.

• 주님께서는 오직 사랑으로 행하셨습니다. 아버지의 거룩하고 위대하신 사랑을 보여 주시기 위해, 이 세상에 진실한 사랑의 꽃을 피워 주시기 위해, 우리가 그 향기로 살아가도록 하기 위해, 사랑은 죽음 마저도 초월하고 영원한 생명을 갖게 해 줌을 일깨워 주셨습니다. 오직 사랑만이 악을 무찌르는 가장 강력한 무기임을 가르쳐 주셨고, 강력한 믿음으로 아버지께서 구원해 주셨음을 손수 보여 주셨습니다.

• 주님의 이름으로 축복하면 그것은 명품이 됩니다. 주님의 은총이 머무르기 때문입니다. 아버지께 봉헌하면 그것은 거룩한 성물이 됩니다. 아버지의 소유이기

때문입니다.

• 육적으로 우리의 귀가 항상 열려 있음은 주님의 소리에 민감해져야 하기 때문입니다. 판단하기 전에 행동하기 전에 우리는 먼저 들어야 합니다. 주님의 음성을 청해야 합니다.

• 주님 수난의 시간들을 묵상하고 나의 고통과 합쳐서 아버지께 봉헌하며, 주님의 뜻 안에서 선과 보속으로 쓰여지기를 청할 때, 이제 그 고통은 특별한 은총의 시간들로 채워질 것입니다. 또한 주님께서는 우리 각자에게 맞는 치료제를 처방해 주십니다.

• 모든 고통 안에는 예수님께서 계시며, 그 고통을 미리 겪으셨고, 그 고통을 통해 선익을 이끌어 내시고자 이미 축복해 주셨음을 믿습니다. 아멘.

• 타인의 잘못을 내 마음으로 단죄하려고 분노하거나 애쓰지 말고, 주님의 뜻 안에서 주님께 봉헌하며, 주님의 처분에 맡겨 드려야 합니다.

• 타인의 결점에 대해 변화를 재촉하거나 짜증내지 말고, 주님의 뜻대로 기도하며, 인내심을 갖고 기다려 주어야 합니다.

• 죄를 우리의 겸손과 자비를 위한 원천으로 삼고, 재빨리 다시 일어서며, 주님 안에서 평화를 되찾아야 합니다.

• 중요한 것을 결정할 때에는 성체를 모시고 주님과의 일치 안에서 결정하며 믿음으로 기도합니다. "사랑하는 주님, 제가 주님과 함께 이것을 결정하였음을 굳게 믿사오니, 후회하지 않게 해 주시고, 주님의 뜻 안에서 모든 것이 이루어지게 하소서." 아멘.

• 주님으로부터 온 것은 마음을 평화롭게 하고, 어둠의 세력으로부터 온 것은 마음을 불안하게 합니다.

• 올바른 결정을 위해, 교리와 성경 말씀에 어긋나지 않고, 아버지의 영광을 위한 일인가? 분별해야 합니다. 이미 결정한 일은 주님의 이름으로 축복하고 그것으로부터 주님의 뜻이 이루어지도록 기도해야 합

니다.

• 주님께서 알려주신 가장 확실한 식별 방법은 “열매를 보면 그 나무를 알 수 있다.”라는 것입니다.

• 완전하고 진정한 흠숭은 주님의 뜻과 일치를 이루는 것입니다. 이는 완고한 자기 뜻을 버리고 주님의 뜻의 순교자가 되는 것이기 때문입니다.

• 세속적인 것들은 시간이 지나면 모두 사라지고 흩어집니다. 오직 주님의 뜻과 사랑만이 남아, 진실되고 변치 않음을 보여 줄 뿐입니다.

• 주님께서 깊이 사랑하는 방식은 큰 고통을 주시는 것입니다. 주님과 고통을 나눌 수 있는 “특은” 그것은 지상 인간만이 누릴 수 있는 “특권”입니다. 천상에서는 “지복직관”만이 있고 고통이 없으며, 연옥과 지옥에서는 내 죄에 대한 벌과 보속만 있기 때문입니다. 우리가 현세에서 주님의 수난 공로에 참여함은 인류의 죄를 보속하는 구원의 덕행을 쌓을 수 있는 유일한 수단인 것입니다. 이 얼마나 놀라운 일입니까! 지

금 주어진 고통을 축복해 주십사 청하십시오. 주님께서는 우리가 견디어 낼 수 있을 크기만큼의 고통만 주십니다. 그 고통 뒤에 올 선익을 미리 보고 기뻐하십시오. 꿋꿋하게 견디어 내십시오. 그 아픔을 봉헌하고 은총을 청하면 그뿐입니다.

• 죄의 노예는 곧 자기 뜻의 노예입니다. 주님의 뜻 안에서의 자유를 얻으십시오. 주님의 뜻 안에서 청하십시오. 주님은 우리에게 자유 의지를 주셨기에, 우리가 청할 때만이 도움을 주실 수 있기 때문입니다. 주님께서는 늘 기다려주고 계십니다. 오직 나를 위한, 은총의 풍성한 선물을 예비해 놓으시고, 하염없이 기다리고, 또 기다려 주십니다. 주님의 크신 사랑에 감사와 찬미를 바칩니다. 아멘.

• 성령께서는 주님 뜻의 가장 위대한 선물이며, 영감을 통해 의지, 용기, 힘과 능력, 기쁨을 심어 주십니다.

• 주님을 항상 삶의 첫 자리에 모셔야 합니다. 모든 일을 주님을 위해서, 주님에 대한 사랑으로 실천하며, 나 자신에서 주님 중심으로 삶의 방향을 전환할 때

진정한 회개가 이루어집니다.

• 주님 안에서 사람들을 보고, 사람들 안에서 주님의 모상을 보며 모든 이들을 존중해야 합니다. 우리는 주님의 사랑을 통하여 이웃을 사랑할 수 있고, 주님의 의지로 용서할 수 있습니다. 영원히 변치 않는 것은 오직 주님과의 사랑뿐입니다.